AF234225

Vente du Mercredi 15 Décembre 1869

COLLECTION DE M. DE F***

TABLEAUX & DESSINS

ANCIENS

Mᵉ **COUTURIER**, Commissaire-Priseur

M. **ÉMILE BARRE**, Expert

PARIS — 1869

CATALOGUE

D'UNE INTÉRESSANTE COLLECTION

DE

TABLEAUX ET DESSINS

ANCIENS

En partie des Écoles française et hollandaise

COMPOSANT LE CABINET DE M. DE F***

DONT LA VENTE AURA LIEU

HOTEL DROUOT, SALLE N° 5

Le Mercredi 15 Décembre 1869

À DEUX HEURES

Par le ministère de Me **COUTURIER**, Commissaire-Priseur,
rue Drouot, 21,

Assisté de M. **ÉMILE BARRE**, Expert, rue de la Chaussée-d'Antin, 20.

EXPOSITION PUBLIQUE

Le Mardi 14 Décembre 1869, de une heure à cinq heures.

PARIS — 1869

CONDITIONS DE LA VENTE

Elle sera faite au comptant.

Les Acquéreurs paieront, en sus des adjudications, CINQ CENTIMES PAR FRANC, applicables aux frais.

DÉSIGNATION

DES

TABLEAUX

BOUCHER (F.)

1 — Sujet pastoral.

BOREL
100

2 — La Leçon interrompue.

BOL (F.)
400

3 — Portrait en buste d'un personnage, vêtu d'un costume noir, et tenant une lettre à la main.

BRONZINO
500

4 — Portrait d'Éléonore d'Este.

Elle est représentée en buste, vêtue d'un riche costume, et
portant un collier enrichi de pierres.

BREUGHEL

5 — Paysage avec chûte d'eau et figures.

6 — L'Abreuvoir.

BELOTTI

80

7 — Deux Vues des environs de Venise.

Ces deux tableaux forment pendants.

BREMBERG

8 — Vue extérieure de la terrasse d'un château.

BEAUBRUN

9 — Portrait d'enfant en costume Louis XIII.

BALEN (Van) et KESSEL (Van)

150 chacun

10 — L'Eau, un des éléments représenté sous une forme
allégorique.

— L'Air, représenté également sous une forme allégorique.

Ces deux panneaux forment pendants.

CASANOVA

12 — Le Passage du gué.

13 — Berger gardant un troupeau de vaches et de mou-
tons.

CARMONTEL

14 — La Lecture en famille; effet de lumière.

CARESMES (Ph.)

15 — Danse de nymphes dans un paysage orné de monuments.

CALLOT (J.) Signé

16 — Cavaliers, en costume de l'époque de Louis XIII,
s'apprêtant à dévaliser une ferme.

CLOUET (Janet)

17 — Portrait de Leguast, gouverneur du château d'Am-
boise, sous Henri II.

CRANACH (Lucas)

18 — Un grand nombre de personnages de distinction
traversent une rivière dans une barque et sont
massacrés par des archers.

CRANACH (Lucas)

19 — Portrait de dame de qualité tenant une épée à la
main.

CRIVELLI

20 — L'Annonciation. (Volet de dyptique.)

DIETRICH

21 — Portrait d'un bourgmestre. Il est vêtu d'un costume noir orné de fourrures.

DEBUCOURT

22 — L'heureuse Nouvelle.

DETROY

23 — Loth et ses filles.
Œuvre importante du maître.

EISEN

24 — Jeunes Femmes faisant des espiègleries à un page
endormi.

FYT (Joannès)

25 — Corbeille de fruits et divers Gibiers posés sur une table couverte d'un tapis.

Peinture d'un admirable ton.

FRANCK (Signé)

26 — L'Enfant prodigue à table avec des seigneurs et des courtisanes.

FRANCK HALS

27 — Tête de vieille femme.

Très-belle esquisse.

FERG (François)

28 — La Collation dans le parc.

29 — Le Concours.

Pendant du précédent.

FRAGONARD

30 — Nymphes au bain surprises par des Satyres.

Esquisse très-vigoureuse.

GUARDI

31 — Vue de l'église des Arméniens, à Venise.

GORP (Van)

32 — La Ménagère.

GIORDANO (Lucas)

33 — Saint prosterné devant la Vierge et l'Enfant Jésus.

JORDAENS

34 — Jeune Garçon jouant avec un oiseau qu'il tient
attaché par une patte.

HEMSKERKE

35 — Réunion de buveurs flamands.

Pendant du précédent.

HERST

36 — Paysage avec figures et animaux.

JEAURAT

37 — Intérieur d'une famille d'artisans.

Pastel.

KAUFMANN (Angelica)

38 — La Leçon de flûte.

39 — La Déclaration d'amour.

LANTARA

40 — Petit Paysage avec moulin et cours d'eau.

LÉLY (Pierre)

41 — Enfant, en costume Louis XIII, tenant un plateau
de fruits.

LECLERC DES GOBELINS

42 — Le Concert champêtre.

LALLEMAND

43 — Danse de paysans des environs de Rome.

44 — Halte de paysans à la porte d'une auberge.

MASSACCIO

45 — Très-curieux petit Portrait de personnage vêtu
d'un costume noir avec collerette.

MARCELLIS (Otto)

46 — Oiseaux et Reptiles dans un paysage.

47 — Pendant du précédent.

MIREVELT

48 — Portrait de dame de qualité, vêtue d'un riche costume surmonté d'une collerette de dentelle.

NEER (EGLON VAN DER)

49 — Jeune Femme, la poitrine découverte, tenant une lettre à la main.

NETSCHER (CONSTANTIN)

50 — La Mort de Cléopâtre.

PIAZETTA

51 — Jeune Femme artiste à son chevalet.

PLATZER

52 — La Rencontre d'Éliézer et de Rébecca.

53 — Éliézer et Rébecca à la fontaine.

OUDRY

54 — Chien en arrêt devant un faisan; intérieur de forêt.

PATER

55 — Le Moulin de Charenton.

POELEMBURG

56 — Paysage. L'ange et Tobie.

Très-riche bordure en bois sculpté.

PARROCEL

57 — Marche d'armée.

FORBUS

58 — Portrait de seigneur en costume de l'époque de
Henri IV.

POMPÉO BATTONI

59 — Le Christ représenté en buste.

ROTTENHAMER

60 — Réunion de dieux et de déesses dans un paysage.

ROBERT (HUBERT)

61 — Fontaine et Monuments en ruines dans un paysage
orné de figures.

62 — Extérieur d'un palais en ruine avec figures.

Pendant du précédent.

63 — Paysage avec rochers et figures.

RAPHAEL (D'après)

64 — La Vierge tenant l'Enfant Jésus sur ses genoux.

RAVENSTEIN

65 — Portrait de dame en costume de l'ép. Louis XIII.

REYNOLDS

66 — Dame en costume Louis XVI tenant une colombe.

SPAENDONCK (Van)

67 — Bouquet de fleurs dans un vase posé sur une console.

SCHENDEL (Van) Signé

68 — La Main-chaude.

STEEN (Jean) Signé

69 — La Réclamation.

STENWICK

70 — Intérieur d'église orné de figures.

SUBLEYRAS (École de)

71 — Deux Sujets tirés des contes de La Fontaine.
Ces deux toiles forment pendants.

SANTERRE

72 — Suzanne au bain.

TÉNIERS (D.) Signé

73 — Réunion de singes diversement costumés fumant
et buvant.

74 — Très-belle Tête de vieillard.

Pastiche.

75 — Chasseurs au repos; paysage avec rochers et cours
d'eau.

TOL (Van)

76 — La vieille Dévideuse.

TERBURG

77 — Portrait en pied de dame et de seigneur en costume de l'époque de Louis XIV.

TOURNIÈRE

78 — Portrait de personnage en riche costume de l'époque de Louis XIV.

VERBOOM (A.) Signé

79 — Vue de la ville de Harlem et des environs.

VAN GOYEN

80 — Environs de Scheveningue.

VAN LOO

81 — Portrait de la duchesse de Valentinois.

VÉLASQUEZ (École de)

82 — Portrait de seigneur coiffé d'une toque et les
épaules couvertes d'un manteau rouge.

WERF (Van der)

83 — L'Enfant Jésus et saint Jean. Derrière eux, la
Vierge lisant.

84 — Portrait de dame en costume Louis XIV tenant
une flèche à la main.

WATTEAU (A.)

85 — Le Singe artiste.

ANCIENNE ÉCOLE FRANÇAISE

86 — Le Porte-étendard.

87 — Le Hallebardier.

    Ces deux tableaux forment pendants.

ÉCOLE FRANÇAISE

88 — Quatre charmantes compositions, sujets mytholo-
giques formant pendants, avec riches bordures
en bois sculpté et doré (époque Louis XV).

ÉCOLE ANGLAISE

89 — Portrait de jeune femme, la tête couverte d'un
chapeau de paille.

DESSINS

BOUCHER

90 — Vénus et l'Amour.

Crayon de couleur.

GREUZE

91 — Les Amants surpris.

Sépia.

MOREAU

92 — Le Moulin à eau.

Très-jolie gouache sur vélin.

MARIESCHI

93 — Vue de la Piazetta.

94 — Vue du grand Canal et du Palais des doges.

Ces deux gouaches forment pendants.

LE BARBIER (Signé)

95 — Les Adieux du soldat.

96 — Le Retour au village.

    Charmants dessins à la plume rehaussés d'aquarelle.

97 — Les Suisses défendant le Louvre.

    Dessin à la plume et sépia.

LAWREINCE

98 — Dame en costume de l'époque de Louis XVI.

    Dessin à la sanguine.

OUDRY

99 — Les Laveuses.

    Crayon noir

PRUDHON

100 — Le Lever de l'aurore.

    Crayon rehaussé de blanc.

Renou et Maulde, imprimeurs de la Compagnie des Commissaires-Priseurs, rue de Rivoli, 144.   30719

BORDEREAU D'ADJUDICATION

Vente

Dot. M. Barre

Rue

à M.e **COUTURIER**, Commissaire - Priseur é Paris.

21, rue Drouot, 21.

Successeur de M SCHAYE

Articles du procès verbal	Numéros du Catalogue	Le 15 Décembre 1869	F.	C.	F.	C.
382	1	Dessin, duc de Noailles	15	"	+	
384	1	Aquarelle	14	"	+	
385	90 1	Dessin (Bruehel)	22	"	+	
386	91 1	Dessin à la plume	35	"	+	
388	92 1	Dessin, Lavreince	19	"	+	
389	94 1	Gouache, palais des Doges	31	"	+	
390	93		2	"	+	
391	80	Lumières de Steinmetz	80	"	+	
392	65 1	bouquet de fleurs	42	"		
393	62 1	tableau	38	"	+	
399	"	1 pastel	57	"	+	
402	24	L' tableau de Dietrich	403	"		
403		1 tableau	62	.	+	
404		1 peintures, Hubert Robert	29	"		
406	100 16	Dessin, de Bruehel	75	"	+	
407	58 1	portrait de seigneur	39	"	+	
408	" 6	Vue de Venise	62	"	+	
409	" 1	tableau pendant du précédent	59	"	+	
410	92 1	Gouache de Moreau	3	"	+	
412	24 1	tableaux divers	95	"		
415	84. 1	tableau de Girard, Vandeville	560			
			1548			

		Report —	1548
418 .		1 Tableau original de Ténier	195 »
423 .	76	1 Tableau de van Dol	80 »
424	41.	1 Tableau de Lély	225 »
425	49	1 " de Neer	1230 »
427 .	44.	1 " de l'allemand	275 »
428.	43.	1 " " "	240 »
431		1 " de Desporte	290 »
432	25	1 Tableau de Fyt	440 »
434	10.	1 Tableau, " air "	153 »
~~440~~	~~48~~	1 portrait de Morivelt	~~226~~ »
441	54	1 Tableau de Oudry	250 »
443.	77.	1 " de Verberg	195 »
444	28.	1 Tableau	165 »
445.	3	1 " de Pol	343 »
447	45	1 portrait d'ambassadeur	88 »
449.	78	1 tableau	6 »
452	2	1 Tableau de Porel	126 »
453.	0	1 tableau ovale	60 »
475	82.	1 portrait de Velasquez	90 »
456	42	1 Tableau de Leclere	120 »
458	26	1 " de Frank	135 »
459	30	1 Esquisse de Fragonard	49 »
460	89	Portrait de jeune femme	65 »
461	70	1 tableau, intérieur d'église	79 »
462	51	1 " de picastte	80 »
463	79	1 " de Verboom	175 »
464	20	1 " de Grivelli	40 »

6805

5%   340.25

7.145.25

RED. :

19

graphicom

0 1 2 3 4 5 6 7 8 9 10

BIBLIOTHEQUE

NATIONALE

DE FRANCE

✳✳✳✳

CHATEAU

DE

SABLE

1995